AU
PEUPLE FRANÇAIS

RETOUR EN FRANCE

DU

ROI D'ARAUCANIE ET DE PATAGONIE

OU NOUVELLE FRANCE.

INVENTION DE NEUTRALISATION DES PROJECTILES

LANCÉS PAR DES ARMES A FEU.

LE GOUVERNEMENT PRUSSIEN A FAIT DEMANDER A L'AUTEUR
S'IL VOULAIT VENDRE SON INVENTION.
RÉPONSE DE L'AUTEUR. — PROPOSITION D'UN DUEL.
LETTRES A MM. LES OFFICIERS FRANÇAIS
ET A SON EXC. M. LE PRÉSIDENT DE LA RÉPUBLIQUE FRANÇAISE.

Prix de la Brochure : 1 Franc.

EN VENTE
A MARSEILLE, **59**, rue Vacon, **59** (*Succursale de l'Hôtel de Pologne*).

1871

AU PEUPLE FRANÇAIS

Alors que je n'étais pas encore rentré en France et que j'avais besoin de garder l'incognito, j'écrivis au *Sémaphore* de Marseille ce qui suit :

« Monsieur le RÉDACTEUR du *Sémaphore*,

« Je vous prie de publier dans votre estimable journal la note suivante :

« Le 8 février 1869, je quittai la France pour revenir dans mon royaume d'Araucanie et de Patagonie ou *Nouvelle France*. Après de grandes difficultés, je parvins à y rentrer ; je fus très-bien reçu, mais je ne pus plus avoir de communications au dehors pour des raisons trop longues à expliquer ici. Je les ferai connaître dans une brochure. Je devais à tout prix faire cesser cet état de choses ; pour sortir de mon royaume, les difficultés et les dangers étaient plus grands que pour rentrer, il fallait obtenir la permission des chefs de tribus, puis franchir la frontière ; c'était jouer ma tête.

« J'obtins la permission de sortir et après deux mois et demi de voyage par terre, j'arrivai à Bahia-Blanca, frontière qui sépare mon royaume de la République Argentine. Je passai et je fus à Montévidéo, où je croyais être en sûreté ; des personnes qui s'intéressaient à moi me dirent que non et qu'il fallait au plus vite aller au Brésil, ou en Europe. Il n'y avait pas de navire en partance, il fallait attendre, ce qui prolongeait les dangers. Heureusement, les journaux de Montévidéo n'avaient rien dit au sujet de ma présence dans cette ville, par la raison qu'ils n'en savaient rien.

« Le représentant des États-Unis à Montévidéo me fit offrir une frégate de guerre pour me mettre en sûreté en attendant le départ d'un vapeur pour le Brésil ou pour l'Europe ; je le fis remercier momentanément, en lui disant que si ma présence à Montévidéo devenait publique, j'accepterais avec reconnaissance sa bienveillante hospitalité.

« J'appris que le colonel Murgat, qui était sur la frontière à Bahia-Blanca, s'était mis à ma poursuite à la tête de quelques hommes ; heureusement, il en fut pour ses frais de course.

« On annonça le départ pour l'Europe d'un vapeur ; je m'y embarquai, et je viens d'arriver à l'ancien continent.

« Maintenant, je remercie beaucoup les personnes qui se sont intéressées à moi pour m'aider à sortir des périls que je courais, et particulièrement, M. Doazon, représentant de la France à Montévidéo, qui fit ce qu'il put pour me faire partir et M. le représentant des États-Unis pour m'avoir fait offrir sa bienveillante hospitalité sur une frégate de guerre de cette nation.

« Le 10 juin dernier seulement, j'appris les grands malheurs qui ont frappé la France.

J'ai fait plusieurs découvertes, mais la plus importante pour le moment, est une invention pour neutraliser les projectiles lancés par des armes à feu.

« On dira peut-être que ce n'est pas possible ; je réponds d'avance à cette objection qu'avant la découverte par Franklin du paratonnerre, on croyait aussi qu'il n'était pas possible de neutraliser l'électricité des nuages et cependant la réalité est venue prouver que cela n'était pas impossible.

« Veuillez agréer, Monsieur le Rédacteur, l'assurance de ma considération distinguée :

« *Signé* : Pce O.-A. de Tounens,
Roi d'Araucanie et de Patagonie ou *Nouvelle France.*

« 7 Septembre 1871. »

Le 12 septembre j'arrivai à Marseille, je fus voir M. le rédacteur du *Sémaphore*, il me reçut très-bien et m'annonça que ma note n'avait pas encore été publiée ; mais qu'elle paraîtrait le lendemain.

Effectivement elle paru le 13 septembre. M. le rédacteur la fit précéder de l'article suivant :

« Nous n'avions plus entendu parler de S. M. Arauca-nienne Orélie-Antoine 1er (vulgo A. de Tounens, avoué à Périgueux). Ce souverain nous donne aujourd'hui de ses nou-velles. Il est arrivé en Europe après mille difficultés, car il ne paraît pas que les sujets de la nouvelle majesté veuillent se séparer de leur souverain. Ils tiennent à le garder assez étroitement au contraire, puisque comme on le verra dans la lettre qui nous parvient, il lui faut user de ruses pour se dé-rober aux marques d'amitié de ses sujets.

« La lettre est curieuse ; nous la publions telle qu'elle nous parvient. Si le programme du roi d'Auraucanie est jamais exécuté, on n'aura pas à regretter sa venue en Europe. Voilà un souverain qui va supprimer la guerre en neutralisant les armes à feu. Qu'il se rende au plus vite au congrès de la paix ! »

Le lendemain je lui écrivis la lettre suivante :

Marseille le 14 septembre 1871.

Monsieur le RÉDACTEUR du *Sémaphore*.

Vous avez eu la bonté de publier, dans votre numéro d'hier la note que je vous adressai le 7 courant au sujet de mon retour en Europe et de mon invention de neutralisation des projectiles lancés par des armes à feu.

Dans un article qui précède ma note, vous dites : *Voilà un souverain qui va supprimer la guerre, en neutralisant les armes à feu.*

Mon invention ne supprime point la guerre et ne neutralise pas les armes à feu. Seulement, la puissance qui posséderait ma découverte aurait l'avantage immense de pouvoir mitrail-ler son ennemi, tandis que les balles, boulets, bombes et autres projectiles de celui-ci viendraient frapper mon invention sans causer aucun préjudice.

Mon système est applicable aux armées de terre, de mer et aux fortifications, *deux cent mille hommes armés comme je l'entends et protégés par mon invention, suffiraient pour conquérir l'Europe entière.*

Je vous prie, Monsieur, de publier ma lettre dans un de vos plus prochains numéros.

Veuillez agréer, Monsieur le rédacteur, l'assurance de mes sentiments les plus distingués.

Signé : P^{ce} O.-A. DE TOUNENS,

Roi d'Araucanie et de Patagonie ou *Nouvelle France.*

Jusqu'à présent, 21 septembre, M. le rédacteur du *Sémaphore* n'a point publié ma lettre.

L'Égalité, dans son numéro du 17 septembre, publia l'article suivant.

« Dans une lettre reproduite par le *Sémaphore,* M. de Tounens, ex-avoué à Périgueux, et se disant maintenant roi d'Araucanie, prétend avoir trouvé le moyen infaillible de neutraliser l'effet des armes à feu.

« Plusieurs de nos lecteurs nous expriment le désir de connaître la découverte philanthropique de ce singulier monarque.

« Nous soumettons ces réclamations à notre confrère du *Sémaphore,* avec prière de les faire parvenir à son royal correspondant. »

Cet article provoqua la réponse suivante :

Marseille, 17 septembre 1871.

Monsieur le RÉDACTEUR EN CHEF de l'*Égalité*,

Je viens de lire dans votre journal de ce jour, que plusieurs de vos lecteurs vous ont exprimé le désir de connaître ma découverte de neutralisation des projectiles lancés par des armes à feu.

Je vous envoie, avec prière de les publier dans votre estimable journal, copie de deux documents que j'ai adressés au *Sémaphore* au sujet de mon invention.

Permettez-moi, Monsieur, de vous dire que les journaux français ne peuvent rien publier qui égale l'importance de mon invention ; aussi, je les prie, tous sans distinction d'opinion, de reproduire mes lettres afin de m'aider par la publicité à appeler l'attention du peuple français sur mon importante découverte.

Veuillez agréer, Monsieur le Rédacteur, l'assurance de mes sentiments très distingués.

Signé : Pᶜᵉ O.-A. DE TOUNENS,
Roi d'Araucanie et de Patagonie ou *Nouvelle France.*

Jusqu'à présent, 21 septembre, l'*Egalité* n'a pas publié un mot de ma réponse ; on voit qu'elle ne se presse pas pour faire connaître à ses lecteurs le désir manifesté par eux.

J'avais adressé les mêmes pièces avec prière de les publier, au *Siècle*, à l'*Opinion Nationale*, au *Courrier de Marseille*, à la *Gazette du Midi* et au *Légitimiste*. Celui-ci publia dans son numéro d'hier, 20 septembre, ma lettre avec les documents que j'avais adressés au *Sémaphore*. Il les fit précéder de l'article suivant :

« Sa Majesté Orélie 1ᵉʳ, roi d'Araucanie et de Patagonie ou *Nouvelle France* à Marseille.

« M. de Tounens, l'ex-avoué de Périgueux, dont la grandeur et la décadence, comme majesté d'outre-mer et d'outre-monde, ont défrayé, grâce, il faut le dire, à son active collaboration, la presse des deux hémisphères, se trouve à Marseille. Inventeur d'un système, qui *supprime les blessures à la guerre*, il nous écrit pour nous demander l'insertion des pièces suivantes. Nous faisons des vœux pour que tous les gouvernements adoptent l'invention d'Orélie 1er, et la guerre cessant d'être un fléau, se changera en véritable rigolade.

« Voici les communications du roi d'Araucanie et de Patagonie : »

Suivent les copies de ma lettre d'envoi et de celles des deux documents que j'avais adressés au *Sémaphore* et qui sont publiés plus haut, p. 3 à 6.

L'article de M. le Rédacteur du *Légitimiste* méritait une réponse et je la lui adressai hier, ainsi qu'il suit :

Marseille, le 20 Septembre 1871.

Monsieur le RÉDACTEUR du *Légitimiste*,

Je vous remercie beaucoup d'avoir publié dans votre numéro d'aujourd'hui ma lettre que je vous adressai le 18 courant avec les documents qui l'accompagnaient au sujet de mon invention de neutralisation des projectiles lancés par des armes à feu.

Vous avez fait précéder l'insertion de mes documents par un article qui contient trois erreurs qu'il importe de rectifier :

Première : « Inventeur d'un système qui *supprime les blessures à la guerre.* »

Mon invention *supprimerait les blessures à la guerre* pour la puissance qui la connaîtrait et qui en ferait usage pour protéger ses soldats ; mais en même temps elle faciliterait ceux-ci pour détruire l'ennemi qui ne la connaîtrait pas et qui, par conséquent, ne pourrait pas en faire usage

Deuxième : « Nous faisons des vœux pour que tous les gouvernements adoptent l'invention d'Orélie 1er. »

Ma découverte est un secret qui m'appartient et que je ne veux faire connaître à aucun gouvernement, qu'à des conditions très avantageuses pour la France et pour moi, comme vous le verrez, sous peu de jours, dans une brochure que je suis en même de publier et qui contient entre autres choses la demande par le gouvernement Prussien de m'acheter mon invention, et ma réponse à cette demande.

Troisième : « et la guerre cessant d'être un fléau, se changera en véritable rigolade. »

Quand même tous les gouvernements connaîtraient et adopteraient mon invention, la guerre ne cesserait point. En effet, les armes blanches, les massues, les casse-têtes et autres engins de guerre ne seraient-ils pas là pour servir d'instruments de destruction du genre humain ?

Est-ce que l'histoire n'est pas là aussi pour nous apprendre qu'avant la découverte de la poudre il y avait des guerres qui n'étaient nullement des rigolades ?

Hé bien ! Monsieur, il en serait de même aujourd'hui, et probablement il en sera ainsi jusqu'à la fin des siècles. Seulement, dans le cours des siècles ceux qui trouvent des systèmes avantageux pour leur patrie et pour eux, tâchent de les mettre à profit, et ce n'est que justice.

Je vous prie, Monsieur, d'insérer ma lettre dans votre plus prochain numéro.

Veuillez agréer, Monsieur le Rédacteur, l'assurance de ma considération très distinguée.

Signé : P^{ce} O.-A. DE TOUNENS,

Roi d'Araucanie et de Patagonie ou *Nouvelle France*.

Le *Légitimiste* n'a point publié ma réponse.

Jusqu'à présent il n'est pas à ma connaissance que les autres journaux aient publié quoique ce soit me concernant.

D'où vient que MM. les rédacteurs de journaux mettent si peu d'empressement pour m'aider à faire connaître les avantages immenses de mon importante découverte ?

Le voici : Je ne suis point Légitimiste, ni Bourbonnien, ni Orléaniste, ni Napoléonien, ni Républicain ; c'est-à-dire que je ne suis d'aucun parti de ceux qui se disputent le pouvoir en France. Je suis seul dans mon camp, voilà pourquoi je ne suis soutenu par aucun parti d'une manière sérieuse.

Maintenant, et malgré que M. le Rédacteur du *Sémaphore* n'ait pas publié ma lettre du 14 septembre courant, je le remercie du plus profond de mon cœur, non pas seulement, pour moi, mais dans l'intérêt de la France, d'avoir publié la note que je lui adressai le 7 septembre, et voici pourquoi :

Le 18 septembre je me promenais sur les allées de Meilhan, à Marseille, lorsqu'un monsieur, que je ne connais point vint à moi, il me salua et ajouta : Pardon , Monsieur, n'est-ce-pas à M. de Tounens, roi d'Araucanie, à qui j'ai l'honneur de parler ? — C'est moi-même, Monsieur. — Je vous ai connu de vue à Paris, me dit-il, j'ai appris que vous étiez à Marseille, j'y suis venu, j'ai demandé votre adresse, mais personne n'a pu me la donner, je commençais à désespérer de vous trouver lorsque Dieu a voulu que ma démarche ne fut pas infructueuse, puisque je viens de vous rencontrer.

— Si vous voulez me le permettre, j'ai à vous entretenir d'une affaire très importante.

— Je vous le permets, Monsieur, de quoi s'agit-il ?

— Pour causer mieux à notre aise, dit-il, il serait bien d'aller chez vous ou chez moi ?

— Je n'aime pas à être renfermé , Monsieur; nous pouvons causer ici, sur un banc, personne n'entendra notre conversation.

— Permettez-moi, alors, de vous offrir un rafraîchissement dans un café ?

— Je vous remercie beaucoup, Monsieur, je ne fais aucune consommation en dehors de mes repas.

— Je n'insiste pas, asseyons-nous comme vous le voulez sur un de ces bancs.

— Permettez, Monsieur, lui dis-je avant de m'asseoir et de causer, je désire savoir avec qui j'ai l'honneur de m'entretenir ?

— Monsieur, me dit-il, pour le moment je ne puis pas vous dire mon nom, mais, je vous dirai quelque chose qui, je crois, vous suffira pour que vous veuillez avoir la bonté de m'écouter ?

— Voyons ce quelque chose ?

— C'est de la part d'un gouvernement qui vous porte beaucoup d'intérêt.

— Quel est ce gouvernement ?

— C'est le gouvernement Prussien.

— Ha ! Je suis enchanté de savoir que le gouver-Prussien me porte intérêt !

— Asseyons-nous !

Nous nous assîmes.

— Que désire de moi le gouvernement Prussien ?

— Vous avez découvert une invention pour neutraliser les projectiles lancés par des armes à feu ?

— Oui, Monsieur !

— Voudriez-vous me donner des renseignements au sujet de cette découverte?

— Je ne puis vous donner que ceux qui sont ou seront publiés !

Je lui donnais les explications contenues dans ma lettre adressée au *Sémaphore* et publiée p. 5 et 6.

— Voudriez-vous vendre votre invention au gouvernement Prussien ?

— Oui !

— Quelles seraient vos conditions ?

— Les voici :

1° La restitution à la France de l'Alsace et de la Lorraine.

2° Dix milliards de francs, dont cinq milliards seront remboursés aux contribuables français qui les paient, en ce moment, au gouvernement Prussien, pour indemnité de guerre. Les autres cinq milliards seront pour moi.

3° Je me réserve de faire usage de mon invention en faveur de la France et de mon royaume d'Araucanie et de Patagonie ou *Nouvelle France.*

— C'est tout ?

— C'est tout !

— Vos conditions sont onéreuses ?

— Non ! Elles ne le sont pas ; car avec peu de frais on peut protéger, par exemple, vingt mille hommes, et cette petite armée suffirait pour en contenir une grande qui viendrait la cerner et qui ne ferait que trouver une mort certaine.

D'un autre côté si la Prusse veut s'agrandir ailleurs, qu'en France, elle pourra le faire sans avoir besoin d'aucune alliance.

— Tout cela est bon me dit mon interlocuteur, mais quelles sont les garanties que vous offrirez au gouvernement Prussien pour prouver que votre découverte est certaine ?

— Et quelles sont les garanties que vous me donnez pour que je fasse connaître mon invention ?

— Jusqu'à présent je ne vous en ai donné aucune ; mais, cependant, il faut bien trouver un moyen pour nous assurer réciproquement l'exécution de nos conventions, et j'y vois bien des difficultés, vous ne voulez pas faire connaître votre invention avant d'avoir des garanties certaines de ce que vous demandez. Le gouvernement Prussien ne voudra certainement rien faire avant de connaître d'une manière positive que votre invention est certaine.

— Il y a deux moyens, Monsieur.

Le premier est que la Prusse remette à la France l'Alsace et la Lorraine, qu'elle retire ses troupes et ses autorités. Ceci fait, je lui ferai connaître mon invention. Quant au paiement des dix milliards de francs que je veux, nous fixerons des époques pour les paiements et pour les garanties le gouvernement français occupera une partie de l'Empire Prussien aux frais de celui-ci jusqu'à final paiement ?

— Le gouvernement Prussien n'acceptera jamais ces conditions !

— Le deuxième : est un duel ?

Ici mon interlocuteur fit un soubressaut !

— Un duel ?

— Oui, Monsieur, un duel !

— Et comment cela ?

— Voici comment :

Si le gouvernement français veut me choisir vingt

mille hommes, parmi les meilleurs de l'armée française, c'est-à-dire vingt mille véritables Français, qui aient du sang gaulois dans les veines, les armer sous ma direction comme je l'entendrai. A ces conditions je propose du consentement des deux gouvernements Français et Prussien un duel entre mes vingt mille Français contre tous les Prussiens. Ceux-ci auront la faculté de s'armer comme ils l'entendront et lorsque nous serons prêts les uns et les autres nous nous donnerons rendez-vous sur la frontière et le combat commencera. Préalablement il sera donné ordre de part et d'autre de ne détruire aucune ville, ni village, ni chaumière, le combat devra avoir lieu d'une manière digne, loyale, sans aucun acte barbare.

Toutes les puissances étrangères seront invitées à envoyer des délégués pour venir voir, s'ils le jugent convenable, le duel que j'ai l'honneur de proposer.

J'arriverai avec mes vingt mille hommes jusqu'à Berlin, j'obtiendrai de M. le prince de Bismark toutes les conditions que je voudrai et je ramènerai mes vingt mille hommes triomphants en France. Ceci accompli ce sera une preuve incontestable que mon invention offre les avantages que je mets en avant.

— Il est vrai que si cela arrivait ce serait la meilleure justification que vous puissiez offrir.

Mon interlocuteur prit des notes sur un carnet ; lorsqu'il eut achevé, je ferai connaître, me dit-il, vos conditions au gouvernement Prussien et nous nous séparâmes.

Telle fut la conversation qui eut lieu entre M. le délégué Prussien et moi.

Lettre à Messieurs les Officiers de l'armée française.

Messieurs,

Dans l'intérêt de la France et le votre personnellement, mon devoir est de vous faire connaître ce qu'on dit de vous en Amérique, d'où je viens.

Le dix juin 1871, J'arrivai à Bahia-Blanca, province Argentine; là j'appris d'un seul coup le résumé de tous les grands malheurs qui ont frappé la France. Chaque nouvelle était une flèche de douleur qui me traversait le cœur; mon interlocuteur m'apprit la déclaration de guerre par l'ex-empereur Napoléon III à la Prusse, et que celui-ci à Sedan avait rendu son épée avec 150,000 hommes sans combattre.

Trahison! Telle fut ma réponse. Il paraît, m'objecta mon interlocuteur, qu'ils furent cernés par les Prussiens avec une telle rapidité qu'ils ne purent pas se défendre!

Votre réponse confirme ce que j'avance, en effet, ils se laissèrent cerner parce qu'il y avait trahison, s'il en avait été autrement, il y aurait eu des avant-gardes et des sentinelles, au loin, sur tous les côtés pour ne pas se laisser surprendre. Vous ne me ferez jamais croire qu'une armée de 150,000 Français se rende sans combattre si elle n'est pas traître à son pays. Quand même elle serait cernée par l'univers entier, si elle était bien commandée, elle ferait des trouées, ou bien elle mourait sur le champ de bataille; mais avant d'être exterminée, à coup-sûr, elle ferait éprouver des pertes à l'ennemi qui seraient aussi grandes, sinon plus, que celles qu'elle auraient éprouvées elle-même?

Ici mon interlocuteur m'objecta que les officiers prussiens avaient montré une grande supériorité sur les

officiers français, comme tactique. Qu'en effet ceux-ci
n'avaient montré qu'une nullité complète dans cette
partie d'art de la guerre. J'observai à mon interlocuteur
que ce qu'il me disait était une preuve de plus pour me
faire croire à la trahison, parce que les généraux en
chefs avaient les plans de l'armée, de tactique, de ma-
nœuvres et enfin de bataille ; que les officiers inférieurs
étaient obligés d'exécuter les ordres qu'ils recevaient de
leurs supérieurs et que ceux-ci trahissant, naturellement
tout était brisé, perdu ; mais que les officiers français
n'étaient pas pour cela ignorants comme on le croyait ;
que ma conviction était au contraire que s'ils n'avaient
pas été trahis et qu'ils eussent été bien commandés
ils auraient prouvés qu'ils étaient aussi instruits et aussi
braves que les officiers Prussiens !

J'appris encore que les cadres de l'armée française
n'étaient pas au complet, qu'on croyait avoir une armée
effective de 600,000 hommes sous les drapeaux et qu'au
moment de la guerre on n'en avait trouvé que 200,000.
Qu'étaient devenus les 400,000 de différence ? Ils étaient
probablement dans les portefeuilles des grands voleurs.

Ici je ne trouve pas d'épithète pour exprimer mes sentiments de justice outragés, indignés ! En effet, les
Français croyaient avoir une armée de 600,000 hommes
en activité. Ils mettaient leur confiance, la sûreté de leur
pays et de leurs personnes en dépôt entre les mains de cette
armée et dormaient tranquilles sur leurs deux oreilles. La
guerre est déclarée à la Prusse, on cherche les 600,000
hommes et on trouve qu'ils sont réduits à 200,000. On
demande des armes, il n'y en a pas et l'ennemi est là,
il trouve un peuple presque sans défense et sans armes et
le peu de troupes que nous avions est livré à l'ennemi
sans combattre ! Ho ! brigands, repaire de voleurs et

d'assassins, coupables de haute trahison à la France. Jamais, je le répète, je ne pourrai trouver d'expressions assez dures pour condamner ces bandits, indignes de faire partie du genre humain.

Ce sont de grands malheurs pour la France et l'armée française d'avoir éprouvé les désastres qu'elles ont éprouvées, et pour comble de honte que messieurs les officiers français soient taxés d'incapables ; voilà Messieurs où vous conduisirent Napoléon et ses satellites ?

Sur tout mon parcours dans la République de Buenos-Ayres et à Montévidéo, cette fatale nouvelle me fut confirmée. On disait que la France de première nation qu'elle était tombée au dernier rang, par suite de l'incapacité de l'armée française. Hé bien ! Messieurs, dans l'intérêt de la France, et dans l'intérêt de votre honneur, de votre dignité, je vous prie, comme aussi tous les cœurs français, de vous joindre à moi, pour demander respectueusement aux autorités françaises que les coupables de haute trahison à la France et à l'armée française soient jugés, et s'ils sont condamnés, je demande qu'ils ne soient pas fusillés, ce serait leur faire trop d'honneur, je vous prie donc encore, Messieurs, de vous joindre à moi ainsi que tout cœur français pour demander respectueusement aux autorités françaises de faire relever les gibets pour pendre les coupables, faire embaumer les corps et les laisser pendus jusqu'à ce qu'ils tomberont en morceaux, afin de donner le temps au peuple français et aux étrangers de venir voir comme nous traitons ceux qui vendent la France !

Ayez confiance en moi, Messieurs les officiers, je vous aiderai à reconquérir votre réputation, comme première armée du monde, et j'ai la conviction qu'avec l'aide de mon invention nous prouverons à l'univers entier que vous êtes autre chose que des incapables et des officiers de salon comme on vous taxe !

Veuillez agréer, Messieurs, l'assurance de mes sentiments les plus distingués.

Signé : P^{ce} O.-A. DE TOUNENS,

Roi d'Araucanie et de Patagonie ou *Nouvelle France*.

P. S. Cette lettre vous parviendra dans une brochure, veuillez la communiquer et agir activement.

―――――

Ce qui précède était imprimé lorsque je reçus un numéro de l'*Echo de la Dordogne*, en date du 20 Septembre 1871, contenant l'article suivant :

LE ROI D'ARAUCANIE.

« Il y avait longtemps qu'on avait entendu parler de M. de Tounens, l'ex-avoué de Périgueux, devenu roi d'Araucanie et de Patagonie. Pour la seconde fois, depuis dix ans, ce puissant monarque vient d'arriver en Europe. Il adresse au *Sémaphore*, de Marseille, la curieuse lettre que voici, dans laquelle il raconte les péripéties de son voyage. Ses sujets l'aimaient tant, semble-t-il dire, qu'ils eussent décapité et scalpé sa tête sacrée, plutôt que de le laisser partir.

Dieu nous garde de mettre en doute sa parole royale ; mais ne semble-t-il pas plus vraisemblable qu'une commune du crû l'a jeté à bas de son trône d'acajou ? — En tous cas, en attendant le moment de reprendre le métier de roi, Orélie-Antoine 1er exerce celui d'inventeur ; il a, dit-il, « fait plusieurs découvertes, dont la plus importante pour le moment, est une invention pour neutraliser les projectiles lancés par les armes à feu. »

« Voici, du reste, la prose du roi Tounens : »

Vient ensuite la reproduction de ma lettre au *Séma-phore* en date du 7 Septembre courant.

L'article de M. le Rédacteur de l'*Echo de la Dordo-gne*, méritait une réponse, et je la lui adressai ainsi qu'il suit :

Marseille, le 23 septembre 1871.

A M. le Rédacteur de l'*Écho de la Dordogne*,

Petit satellitte damné des traîtres de haute trahison à la France (Sedan).

Dans le numéro du 20 septembre courant de votre journal que je viens de recevoir, vous reproduisez ma lettre adressée au *Sémaphore*, et vous faites précéder « ma prose », c'est ainsi que vous l'intitulez, d'un article *bienveillant* comme vous avez l'habitude d'en faire, où vous dites : — « pour la seconde fois, depuis dix ans, ce puissant monarque vient d'arriver en Europe. »

« Ce puissant monarque » Monsieur, *n'a pas trahi la France ; n'a pas avili le pavillon français ; n'a pas déshonoré l'armée française ; n'a pas fait répandre une goutte de sang à la France et enfin il n'a pas coûté des milliards à sa patrie. Au lieu que le repaire de brigands Napoléoniens que vous avez soutenus de toutes vos forces pendant leur infâme règne, sont coupables de tous les grands crimes que je viens de signaler, et comme tels, en attendant que je fasse mon possible pour faire relever les gibets et y envoyer, en pâture aux oiseaux de proie ceux qui le méritent, je fais pendre sans exception en effigie, tous les coupables de haute trahison à la France et je fais séquestrer, de même, leurs propriétés au profit du trésor qu'ils ont volé.*

Maintenant, Monsieur, vous voyez si vous avez raison de parler « de ce puissant monarque » ? Vous feriez beaucoup mieux d'entrer dans un couvent, de vous mettre dans un coin de ce lieu saint et d'y rester bouche close pour les affaires publiques, ne l'ouvrir que pour prier Dieu de vous pardonner votre complicité dans les grands crimes que vous avez aidé à répandre sur notre malheureuse France.

J'engage tous les satellites Napoléoniens d'en faire autant, ce sera peut-être un moyen d'éviter les gibets.

« Ses sujets, dites-vous, l'aiment tant, semble-t-il dire, qu'ils eussent décapité et scalpé sa tête sacrée, plutôt que de le laisser partir. »

Mes sujets, Monsieur, ne décapitent point et ne scalpent point non plus.

« Dieu nous garde, dites-vous, de mettre en doute sa parole royale ; mais ne semble-t-il pas plus vraisemblable qu'une commune du crû l'a jeté à bas de son trône d'acajou ? »

« La commune du crû, » Monsieur, n'est connue que dans les pays qui se disent et se croient civilisés, heureusement elle est complètement inconnue chez mes sujets que vous traitez de barbares.

Le temps et les événements ne vous ont point corrigé, vous êtes toujours l'homme fourbe, respirant la fausseté par tous les pores, et cette fausseté vous fait croire que les autres sont de même.

« En tout cas, dites-vous, en attendant le moment de reprendre le métier de roi, Orélie-Antoine 1er exerce celui d'inventeur. »

Jusqu'à présent j'avais cru que la royauté était un emploi conféré par le peuple ou obtenu par la force !

D'après vous, c'est un métier! Permettez-moi, Monsieur, de vous poser deux questions :

1° Avez-vous vu beaucoup de corporations d'ouvriers exercer le métier de roi ?

2° Avez-vous vu beaucoup de pères de famille mettre leur enfants en apprentissage dans le métier de roi?

Ce n'est pas tout! J'avais cru aussi que l'invention était un don de Dieu aidé par la science?

D'après vous, c'est un métier! Hé bien! je vous ferai les mêmes questions que pour la royauté.

Avez-vous vu beaucoup de corporations d'ouvriers exercer le métier d'inventeur?

Avez-vous vu beaucoup de pères de famille mettre leurs enfants en apprentissage dans le métier d'inventeur ?

Je vous prie, Monsieur le rédacteur, de publier ma lettre dans votre plus prochain numéro et de répondre à mes questions.

J'ai l'espoir que vous voudrez bien m'adresser le numéro de votre journal qui contiendra ma lettre et vos réponses; comme vous m'avez adressé celui qui a provoqué la présente réponse.

En attendant, je vous salue et je signe « ma prose, » ce que vous n'avez pas le courage de faire.

Signé : Pᶜᵉ O.-A. DE TOUNENS,
Roi d'Araucanie et de Patagonie ou *Nouvelle France*.

Lettres écrites à Son Excellence, Monsieur Thiers, Président de la République Française.

Première lettre.

Monsieur,

Ce ne fut que le dix juin dernier que j'appris les grands malheurs qui ont frappé notre pays.

J'ai fait plusieurs découvertes ; mais la plus importante, pour le moment, est une invention pour neutraliser les projectiles lancés par des armes à feu.

Je désirerais m'entretenir avec votre Excellence, si elle veut bien me le permettre, au sujet de cette découverte et pour d'autres affaires d'une grande importance. Je vous prie d'avoir la bonté de me répondre.

Veuillez agréer, Monsieur le Président, l'assurance de ma considération la plus respectueuse.

Signé : P^{ce} O.-A. DE TOUNENS,

Roi d'Araucanie et de Patagonie ou *Nouvelle France.*

6 Septembre 1871.

Jusqu'à ce jour, 26 septembre 1871, je n'ai reçu aucune réponse de Son Excellence M. Thiers ; la date de la lettre que je lui écrivis établit que ce fut à lui à qui j'annonçai le premier mon invention. M. Thiers n'a pas porté le même intérêt à cette découverte que la Prusse qui me fit demander à l'acheter aussitôt après sa publication.

Deuxième lettre.

A Son Excellence Monsieur le Président de la République Française.

Monsieur,

J'ai l'honneur de vous confirmer ma lettre du 6 septembre courant, et je vous prie de m'honorer d'un mot de réponse.

Je désire, Monsieur le Président, vous entretenir respectueusement, d'un autre ordre de choses d'une grave importance. Lorsqu'un repaire de brigands s'établit dans un coin obscur pour voler et assassiner, les autorités font ce qu'elles peuvent pour détruire leur repaire et purger la société de ces misérables. Les autorités en ce cas et ceux qui leur aident ne font que leur devoir.

Maintenant, lorsqu'un peuple met à la tête de ses destinées un chef, sous un titre quelconque, Empereur, Roi ou Président et que ce Chef converti son pouvoir en un repaire de brigands mille fois plus dangereux que ceux des grands chemins ; puisque ceux-ci ne commettent que quelques crimes partiels ; au lieu que le repaire de brigands qui est à la tête d'une nation, la vole, la déshonore, la trahit avec son armée et enfin traîne son pavillon dans la boue ; que doit faire le peuple de cette nation ? Il devrait par tous les moyens possibles chercher à se défaire de ses bourreaux ! Malheureusement cela n'a pas été fait ; il a fallu, en effet, à la honte de ce peuple que des circonstances extérieures très onéreuses et très humiliantes vinssent le débarrasser de son principal chef de brigands ; mais il reste encore sur le sol de cette patrie, une foule de satellites toujours prêts à frapper ce qui peut leur faire obstacle pour ramener leur chef à la tête de leur ignominieux repaire.

Dans ces circonstances, que doivent faire les autorités et le peuple ? Les autorités et le peuple doivent faire leurs efforts pour rechercher les coupables, les mettre en accusation, les juger et s'ils sont condamnés il n'y a plus qu'à leur mettre la corde au cou et au gibet.

Vous avez deviné, sans nul doute, Monsieur, le Président, que le tableau que je viens de décrire s'applique à notre malheureuse France. — Hé bien ! Monsieur, ce n'est qu'en agissant ainsi que la France se délivrera de ce repaire d'anti-Français qu'on appelle Napoléoniens? Si vous n'avez pas le courage de les faire pendre, Monsieur le Président, ayez au moins celui de ne leur confier aucun pouvoir, ni aucune mission. Je crains bien, Monsieur, qu'un de ces jours un ou plusieurs de ces satellites vous fassent prisonnier avec tout votre entourage, et le cas échéant la France tombera de nouveau entre les mains de ses bourreaux.

N'oubliez-pas, Monsieur le Président, que vous êtes responsable d'un grand poids. C'est celui de la destinée du peuple français.

Je demande respectueusement, Monsieur le Président, mais avec la fermeté, le courage et l'énergie d'un cœur français, en mon nom personnel, au nom de la France et de l'armée que vous fassiez mettre en accusation tous ceux qui sont coupables des grands désastres qu'a éprouvé notre malheureuse patrie.

Je demande aussi que vous fassiez relever les gibets pour pendre ceux qui seront coupables et condamnés comme tels, faire embaumer leurs corps et les laisser jusqu'à ce que le temps les fasse tomber en lambeaux, pour servir d'exemple à la présente génération et aux futures; avec une inscription portant : Voilà comme les Français traitent les vendeurs, les assassins de leur patrie.

Lorsque les cadavres tomberont en morceaux ils seront remplacés par des statues également pendues qui les représenteront ainsi à perpétuité.

Tout autre mode de châtiment ne sert pas d'exemple !

Les hommes des derniers évènements ont commis des crimes monstrueux ; mais il faut tenir compte des exemples horribles qu'ils eurent pendant une vingtaine d'années, ce qui les mit en délire, ils sont donc plus à plaindre qu'à blâmer. En ce cas quelques jours de prison suffisent pour leur donner le temps de se calmer, revenir à eux pour rougir de ce qu'ils ont fait ; puis lorsque la France se sera purgée de ses principaux coupables de haute trahison il faudra renvoyer tous ces révolutionnaires dans leurs familles en leur accordant une amnistie complète.

Veuillez agréer, Monsieur le Président, l'assurance de ma considération la plus distinguée.

Signé : P^{ce} O.-A. DE TOUNENS,

Roi d'Araucanie et de Patagonie ou *Nouvelle France.*

Marseille, le 26 Septembre 1871.

PROGRAMME

Du Journal du roi d'Araucanie et de Patagonie

OU NOUVELLE FRANCE.

Dans le courant de 1868, le roi fait connaissance avec M. Plauchu, avocat. — Projet de retour en Araucanie. — Pétition à Napoléon III appostillée par les conseillers municipaux de la commune de Chourguac, berceau du roi, et par ceux des communes circonvoisines. — Point de réponse.— Correspondance entre M. Plauchu et le roi. — Départ pour l'Araucanie. — Arrivée à Buenos-Ayres. — Départ pour l'Azul. — Retour à Buenos-Ayres. — Départ pour Patagones par mer, traversée horrible par la faute du capitaine. — Arrivée à Patagones. — Difficulté pour continuer notre voyage — Départ pour Chuolechel sur le fleuve noir (Rio Negro en espagnol, Limay en langue indienne).— Arrivée à Chuolechel. Nous y trouvons le cacique Lemounaou. — M. Plauchu revient à Patagones et à Buenos-Ayres, porteur d'un secret d'État. — Lettre de M. Plauchu au roi, aussi injuste qu'inconvenable. — Le cacique Lemounaou et deux de ses fils sont en négociations avec le gouvernement Argentin pour faire un traité à l'effet de peupler Chuolechel, les deux fils vont à Buenos-Ayres. — Séjour du roi à Chuolechel, chasse, incendie d'une forêt, mœurs des Indiens.— Violation du droit des gens par le colonel Murgat qui vient à Chuolechel avec environ 150 hommes, — Orgie. — Un Argentin qui avait été fait captif par les Indiens vend son maître. — Entrevue forcée entre Murgat et le roi. — Départ de Murgat pour revenir à Patagones emmenant des Indiens captifs. — Nous partons de Chuolechel pour l'Araucanie.— Arrivée à Mavouéquet. — Séjour. — Observations astronomiques. — Sommes-nous au-dessous ou au-dessus du soleil ?—Lemounaou apprend que plusieurs caciques veulent lui faire la guerre à cause des Indiens qu'il a laissés emmener par Murgat. — On lui vole une partie de ses chevaux. — Les deux fils de Lemounaou reviennent de Buenos-Ayres porteurs d'un traité fait avec le gouvernement Argentin. Ils me portent aussi une lettre de M Plauchu, datée de Patagones.— Projet pour tromper le gouvernement Argentin à cause de la conduite du colonel Murgat. — Lemounaou envoit des courriers à ses amis, pour les prier d'intervenir auprès des chefs qui veulent lui faire la guerre afin d'éviter celle-ci et de les prier de se joindre à lui pour tâcher d'obtenir les prisonniers emmenés par le colonel Murgat. — Un des courriers va en Araucanie, c'est un des fils de Lemounaou, Quéoupoucoura, il est accompagné de deux autres Indiens. Il est décidé que le roi partira avec eux. — Départ de Mavouéquet. — Découverte d'hiérogliphes à l'entrée du désert de Thialéou. — Culte des Indiens. — Puits des lièvres dans le désert. — Arrivée à Concot où nous apprenons que Quinthiaou, chef de Lonquemay, veut tuer Lemounaou et ses fils lorsqu'ils passeront pour revenir en Araucanie, à cause des Indiens qu'ils laissèrent emmener par Murgat. — Départ de Concot pour Caréret. — Arrivée à Caréret où cette mauvaise nouvelle est confirmée. — Les trois Indiens ne veulent plus avancer. C'est avec beaucoup de peine que je décide les deux qui accompagnent Quéoupoucoura à marcher en avant avec moi, ils ne le font qu'en tremblant. Quant au fils de Lemounaou il m'est impossible de le décider à continuer sa route. —Départ de Caréret, traversée des Cordilières des Andes, arrivée dans la vallée de Lonquemay, le chef Quinthiaou, tant redouté, nous reçoit bien. Je trouve à Lonquemay des députations envoyées par le général Quilapan et autres chefs importants pour me recevoir. Les difficultés entre Quinthiaou et Lemounaou sont jugées. — Longues plaidoiries. — Continuation du voyage pour l'Araucanie. — Traversée de la seconde Cordillière. — Arrivée dans la vallée de Retricoura. Tête humaine sculptée dans un rocher. — Culte des Indiens. — Fossé. — Arrivée en Araucanie, à Thoumel, entrevue avec le général Quilapan et autres chefs principaux. — Proclamation du roi. — Réponse des Indiens. — Départ de Thoumel pour Perquencot. — Les Chiliens apprennent le retour du roi. — Lettres écrites aux Caciques par les chefs des frontières Chiliennes pour réclamer le roi. — Les Indiens refusent de le livrer. — Notification de la formation du gouvernement Indien, au gouvernement Chilien. — Tentative pour faire passer des lettres à l'extérieur elles me reviennent. — Les autorités Chiliennes envoient quelques assassins pour couper la tête du roi et l'emporter en trophée au président de la République du Chili. Leur entreprise criminelle est déçue. Départ de Perquencot pour Péou-Péou. Tentative pour faire passer des lettres à l'extérieur, elles me reviennent. — Un Indien vient me dire qu'il a vu M. Plauchu à Patagones. — Les autorités Chiliennes envoient un bataillon avec ordre de dire aux Indiens qu'ils ne viennent point pour leur faire la guerre ; mais bien seulement, pour prendre le roi, lui couper la tête et l'emporter au président de la République du Chili. — *Le roi ordonne de cerner les soldats Chiliens, de les obtenir par famine et de les pendre tous, non comme officiers et soldats Chiliens, car ils sont indignes de ce titre ; mais comme assassins.*

Telle est la première partie de mon journal. Ce n'est point un roman, c'est de l'histoire la plus authentique, j'ai les documents en main pour établir ce que j'avance. Sauf toutefois pour mes observations astronomiques ; mais si je n'ai pas de documents pour cette partie, j'ai des mathématiques qui sont aussi des preuves, j'ai la conviction que je ferai connaître des lois naturelles que la masse du peuple ignore et je puis dire, je crois, sans me tromper, les plus grands astronomes. Toutefois s'ils les connaissent ils n'en ont pas instruit le peuple. Il est vrai, il faut bien le dire, qu'ils l'instruisent très-peu sur cette science.

J'ai couché bien des nuits à la belle étoile ; j'ai eu par conséquent l'occasion et le temps d'observer les astres.

De coucher dehors cela présente de grands avantages : l'on respire l'air pur à pleins poumons. Tandis que dans les appartements bien fermés il n'y a pas assez d'air, la santé en souffre, surtout dans les villes où l'air est moins pur que dans les campagnes à cause des ingrédients qui se soulèvent de toutes part et se mélangent à l'atmosphère que nous respirons; c'est un poison lent.

Nos lits sont trop moelleux, ils nous amolissent et nous efféminent. Pour mon compte personnel, je préférerais habiter la campagne, non pas dans une maison bien fermée, mais dans une cabane en bois et en paille, comme celle des Indiens et coucher sur quelques peaux de moutons afin qu'un trop profond sommeil ne me surprit pas, pour être toujours prêt à prendre les armes lorsque les besoins de mon pays l'exigeraient.

Il est vrai que dans les pays civilisés on ne peut pas coucher dehors sans s'exposer à se faire voler ou assassiner; au lieu que chez mes sujets qu'on croit sauvages on est aussi sûr en plein air que si on était dans la maison la mieux fermée.

Les personnes qui voudront me faire l'honneur de me lire sont sûres d'apprendre du nouveau. Je les introduirai dans des contrées où jamais aucun Européen n'avait encore pénétré.

Mon journal paraîtra par livraisons, sous le titre de : *Journal du roi d'Araucanie et de Patagonie ou Nouvelle France.*

Le prix de l'abonnement est de **dix francs** pour la France et **douze francs** pour l'extérieur.

La personne qui voudra s'abonner n'aura qu'à me faire parvenir dix francs en or ou en argent ou en un mandat sur la poste; mais non point en timbres-poste.

Elle me donnera son adresse exacte et lisible, avec le nom du bureau de poste qui la dessert et celui de son département, je lui adresserai les livraisons affranchies.

On s'abonne à MARSEILLE, où je demeure :
59, Rue Vacon, 59 (*Succursale de l'hôtel de Pologne*)
M'écrire à la même adresse. — Affranchir.

Le lecteur qui porte intérêt à ma cause et à moi est prié de communiquer le présent programme à ses amis et de m'envoyer des souscriptions.

Pce O.-A. DE TOUNENS,
Roi d'Araucanie et de Patagonie ou *Nouvelle France.*

Marseille. — Impr. H. SEREN, quai de Rive-Neuve, 3.